Inhalt

Triggerwarnung: In diesem Manga geht es um Panikattacken, Traumata und Gewalt. Lest ihn bitte nur, wenn ihr euch psychisch stabil fühlt.

1. Akt:

Süße Träume

Showa-Ära
Jahr 24,
1949,
Yokohama

5

LÄCHEL

QUIETSCH RUMMS

GATONG GATANG

Er ist so schön...

9

... strömten
die Worte
nur so heraus
aus mir, sie
waren nicht
aufzuhalten.

... die
meinen
Füllfederhal-
ter zu lenken
schienen wie
ein lebendi-
ges Wesen.

Die Grat-
wanderung
an der Grenze
von Leben
und Tod hatte
Emotionen
geweckt...

Um auch kein
einziges davon
zu vergessen,
habe ich ge-
schrieben und
geschrieben.

Die Men-
schen, die
die Realität
bevölkerten,
waren für
mich wie
Figuren
in einem
Kinofilm.

Der Shini
gami hatte
von mir Be-
sitz ergriffen,
da bin ich
sicher.

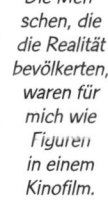

Und so
wählte ich
ganz auto-
matisch den
Weg des
Drehbuch-
autors.

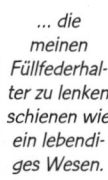

Als wären die Drehbücher, zu denen sie mich inspiriert hatten...

... zum Fluch geworden und hätten sich gegen sie gewendet.

Als wäre das der Preis für meinen Ruhm...

... wurden die Vorbilder für meine Hauptfiguren von Unheil heimgesucht.

Ich hab Unheil über sie gebracht!

Der wahre Shinigami bin ich!

Das ist meine Schuld!

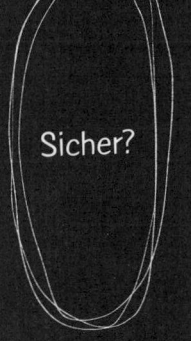

Sicher?

... und jetzt auch noch Mori, der Regisseur von »Unbeugsames Licht«, alle verunglückt.

Ein Journalist und ein Dichter, mit denen ich befreundet gewesen war...

Nein
...
Ich
...

... bin es längst ...

Soll ich meinem Leben ein Ende machen?

Nein... Ein einzelnes Menschenleben kann nicht aufwiegen, welches Unglück ihnen widerfahren ist.

Es braucht ein größeres Opfer als meinen Tod...

Ich muss...

AH HA HA HA HA HA.

Ich drehe ...

... langsam durch. Nein...

Aah...

... und meine Worte...

... meine Seele zerstören...

... verstummen lassen.

... kehrte ich dem gleißenden Ruhm den Rücken zu.

日本文化芸術

Im Trubel des Wiederaufbaus Japans nach dem Krieg...

... und opferte meine Seele.

Ich flüchtete mich in diese andere, vom Gestank des Todes durchzogene Welt...

Lass mich in Ruhe...

... ZACK

...

...

Nanu?

Sagen Sie...

PRASSEL

Wie könnte ich...?

Sie sehen schlimm aus!

W...

Wie auch immer!

GRABB

Ruhen Sie sich bitte bei mir in meiner Unterkunft aus!

LÄCHEL

Seien Sie mein Gast!

Nehmen Sie!

So können Sie sich doch nirgends sehen lassen!

Können Sie laufen?

DONNER DONNER PRASSEL

PLATSCH

So...

... da wären wir, Sensei!

WA HA HA

RESTAURANT - RYOKAN
YOSHINO

LÄRM

FREU

LÄRM

FREU

Willkommen zurück!

Yo!

Bin zu Hause, Ladys! Er wird keine Umstände machen ... Er muss sich nur ausruhen!

Ach je, wer ist denn das? Wie ein Straßenköter, den der Regen erwischt hat!

KNARR

Sieht nicht so aus, als gäbe es hier Gästezimmer für einen durchnässten Straßenköter.

Das ist so erbärmlich, ich würde am liebsten sterben.

KNARR

Hier entlang!

AHHAHA

Wir können auch gerne mit in die Wanne!

Ist okay, kümmere dich gut um ihn!

Die Wanne ist auch schon eingelassen!

Danke, aber nicht nötig! Ich nehme ihn mit in mein Zimmer!

Straßen-köter...

Glaubt der, er kann doch noch Geld aus mir quetschen, wenn er mich trotzdem mitnimmt?

So, wie ich aussehe...

Dieser lästige Titel lässt sich einfach nicht ab-schütteln...

Von wegen »Drehbuch-autor«, von wegen »Kitahara-Sensei«,

Der meint wohl, das spielt ihm in die Hände...

Es ist ein bescheidenes Heim, aber herein.

In dem Augenblick, als ich das Zimmer betrat...

... drang mir der Geruch von Entwicklerflüssigkeit und Tinte in die Nase...

... durchsetzt mit einem Hauch von Moder.

Das Wellenrauschen und das mit perlendem Frauenlachen vermischte Stimmengewirr im Hintergrund...

SSSPLASH

GYA HA HA

Und mit einem Mal...

...ließ mich fühlen, wie wenn ich in ein fremdes Land gelangt wäre.

Okay, Kitahara-Sensei...

... war Ruhe in mir.

...

Oder soll ich helfen?

Hier haben Sie trockene Sachen.

... gehen Sie bitte zuerst in die Wanne, das Bad ist rechts am Ende des Flurs!

Aber nicht zu lange im heißen Wasser bleiben!

WHAMM

N... Nicht nötig!

Ich... muss mich für all das entschuldigen. Ich habe Ihren Mantel beschmutzt und auch noch heißes Wasser in Anspruch genommen ...

Ah!

KLAPPER

Erfrischt, ja? Wow, Sie sehen tatsächlich so gut aus wie in der Zeitung!

Ich werde mich sobald wie möglich erkenntlich zeigen.

WUSCH

Ah! Moment, Moment!

KLAPPER

Tschüss.

Sie sind sicher noch nicht nüchtern, bleiben Sie doch über Nacht!

Und verarztet hab ich Sie auch noch nicht.

Auch wenn es nur ein bescheidenes Zimmer ist...

Ihre Haare sind noch nass, so werden Sie nur krank!

Das macht doch nichts! Und Sie müssen auch nicht so förmlich mit mir sprechen, Sie sind ein Großmeister Ihres Faches!

Sind wir jetzt schon bei »Groß- meister«?

GRMPF

Aber ich... Auch wenn es mir schrecklich unangenehm ist, ich habe kaum Geld bei mir.

Und ich möchte Ihnen nicht zur Last fallen...

W...

Moment, Sie denken doch nicht, ich will Sie über den Tisch ziehen?

SCHLUCK

Wie käme ich denn dazu, dafür Geld zu verlangen?!

Ä... Äh, ja, aber...

Wollen Sie mich beleidigen?! Ich habe Sie in mein Privatzimmer eingeladen!

Entschuldigung...

...

Der ist voller Kotze.

Ihr Pullover muss auch gewaschen werden, so können Sie nicht gehen.

Gastfreundschaft muss man annehmen, wenn man sie so nötig hat!

Ich hab nicht vor, den Gönner zu spielen.

... Sensei!

Also setzen Sie sich bitte und lassen Sie mich Ihnen zum Dank dafür etwas zurückgeben ...

... aber Ihre Filme haben mich zutiefst bewegt.

!

Was ist das nur für ein Kerl...?

Ist er einfach gutmütig? Oder eher gutgläubig?

Es wird Sie vielleicht nerven...

Was für ein eigenartiger Mann.

Und dieses Lächeln...

Dann...

GRINS

... sind wir eben einfach Freunde?

Ich hab es gleich.

Gut, nicht bewegen.

Es kommt mir so bekannt vor...

* Rote Linien: Viertel, in denen Prostitution offiziell erlaubt war

Für die US-Soldaten und Stammgäste, die nach den Beschlagnahmungen blieben.

Das hier ist ein Überbleibsel der Chabuya**, das im Geheimen überlebt hat.

Ich dachte, die roten Linien* wurden abgeschafft?

Au...

Fertig!

Ziemlich was los da unten.

GYA HA HA

TRAP TRAP

** Chabuya: Hafenspelunken, die hauptsächlich von in Japan lebenden Ausländern und ausländischen Seefahrern besucht wurden

Einen schönen Traum.

Als würde ich träumen.

Ich bin noch nicht ganz nüchtern...

... aber so angenehm berauscht war ich schon lange nicht mehr.

Das Klavier ist furchtbar verstimmt.

Die Damen meckern immer, weil sie es satthaben, aber ich finde es sehr entspannend.

Es ist ganz verrostet von der Seeluft!

Der da spielt ist ein Stammgast, er beherrscht nur dieses eine Stück.

Ja, aber ich bin kein Profi...

Aha...

Sie fotografieren?

Wunder-
schön...

»Am
Leben zu
sein«...

PLITSCH

Ja...

Für mich
sah diese
Umgebung
nur aus
wie ein
Friedhof...

... aber er
sieht sie
so ganz
anders.

... ein Ort, an dem Vergnügen und Leidenschaft der Menschen eins geworden sind...

Ich bin Yoichi Mikami.

... hatte ich irgendwie das Gefühl...

... der Shinigami wäre wieder vor mir erschienen.

In Gestalt dieses Mannes, der so hell erstrahlte wie die Sonne.

2. Akt:

Unbeug-
sam

Ganz ruhig.

Zeit mit dir verbringen zu dürfen ist für mich ...
... wie ein Traum.
Es irritiert mich, wenn er mich so ansieht.
Es gab noch nie jeman-den...
Dich will ich...
... auch mal foto-grafieren.
SCHAUDER
Es gab noch nie jemanden, den ich so unbedingt fotografie-ren wollte.

...

Für solch einen Mann gibt es eine Bezeichnung...

Ich erinnere mich; es ist genau das gleiche Gefühl wie an jenem Tag;

»Homme Fatale«.

Ich muss allmählich nach Hause.
Sag, wo gehen wir nächstes Mal hin?
Nein ...
Kein ...
Kein nächstes Mal!
Kei?
Wieso ...
HAH
MRML
MRML

Zwei Wochen später

Yo, würdest du dann bitte noch die Bettlaken in den Gästezimmern wechseln?

Also hör mal, kannst du nicht warten, bis wir im Zimmer sind?

Mach ich.

Ah ha ha! Du bist unmöglich!

Ist etwas vorgefallen zwischen Kitahara und dir?

HAH

Yo...

Du gehst in letzter Zeit gar nicht mehr aus?

Wir treffen uns nicht mehr...

Sag...

Ich bin eben doch seltsam, oder?

Komm, komm.

Ach je?

Quatsch...

Genau deshalb finden wir dich doch so niedlich!

Und dann will ich...

... wieder leben.

Egal was ich tue...

... immer habe ich dein Gesicht vor Augen.

SCHWANK

Ich schreibe nicht ...

DING DONG

HAH

Nie...

... mehr wieder!

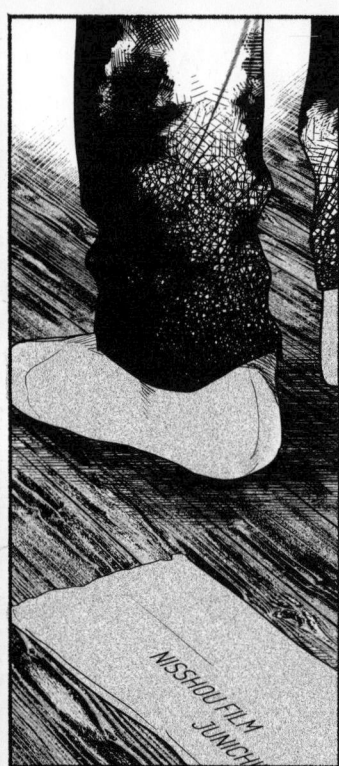

»Wir haben einen Auftrag für ein Drehbuch bekommen, das explizit Sie schreiben sollen. Sie können das Thema selbst wählen.«

»Der Film wird ganz sicher ein großer Erfolg in Ihrer Karriere und ist eine gute Gelegenheit für Ihr Comeback.«

NISSHOU FILM
JUNICH

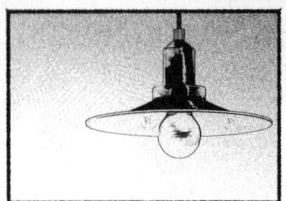

Ha...

Ha ha...

»Kommen Sie bitte mit einem Entwurf ins Filmstudio«...

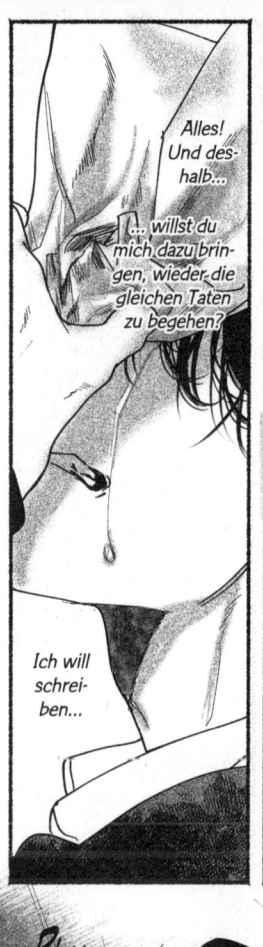

Alles! Und deshalb...

... willst du mich dazu bringen, wieder die gleichen Taten zu begehen?

Ich will schreiben...

Du weißt es.

ZITTER

Ha ha ha!

Ah ha ha ha ha!

Ah ha ha ha ha!

PLUMPS

Sei still !!

Diese Qualen sind doch meine Buße...

Dann schreibe!

Ich will es...

... so sehr, dass es...

... wehtut und ich kaum atmen kann.

Was sagst du jetzt?
Rotzlöffel.
Geschieht dir nur recht ...
Ich werde nie wieder mit meinem Stift einen Menschen töten.
Ha ha...
...
Yoichi...

Herz-
lich
Will...

!

RATTER

TAP

Kitahara
will dich
sehen!
Ich hab
ihn in dein
Zimmer
geschickt!

Was
gibt's
denn?

Yo!

Hey,
Yo!

Was?

Ist
ja alles
Dringende
erledigt,
oder?

Wir
kommen
schon klar,
also geh
schon,
los!

Was...
... machst du hier?

Hm?

Hey.

Ich hab mir erlaubt, Platz zu nehmen.

Wie schaffst du es nur, Worte so einzusetzen?

Wie könnte ich es vergessen?

Hier ist es wie in einem Märchenschloss.

Wow! Du erinnerst dich nach den zwei Monaten noch daran!

Du hast es nur das eine Mal hier gehört!

Man vergisst die Zeit, man vergiss sich selbst.

Was?

Keine Ahnung, wovon du sprichst.

Immer ist alles »Toll! Toll!« für dich.

Du hast bestimmt mehr Bücher gelesen, als ich mir überhaupt vorstellen kann!

Das ist so toll!

So eine große Sache ist das nicht.

Für mich sind Bücher, wie soll ich sagen...

Sie sind wie Äpfel.

Und ich kann ihr niemals entkommen.

Nach dem Höllenfeuer wartet eine Erhabenheit des Augenblicks...

... die ich noch so oft von mir stoßen kann, sie ist in mir.

... beruhigt sich das Gift in meinem Kopf wie das Meer bei Windstille.

Allein schon wenn ich Bücher lese...

ZSSS

Aber wenn ich mit dir zusammen bin...

Also... kann ich sie auch einfach kontrollieren.

... halte ich es kaum aus, ich will schreiben.

Ich will
sie mit dir
gemeinsam
essen...

... diese
Äpfel.

Gut.

Dann
komm.

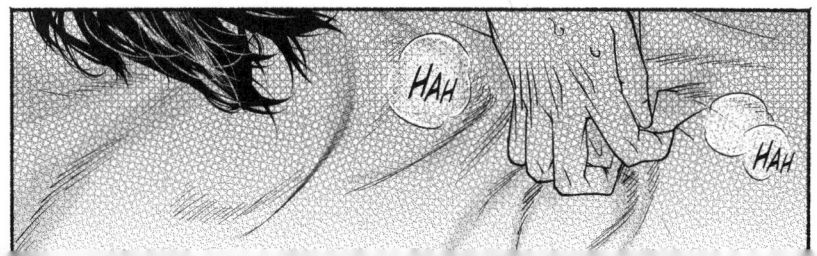

HAH

HAH

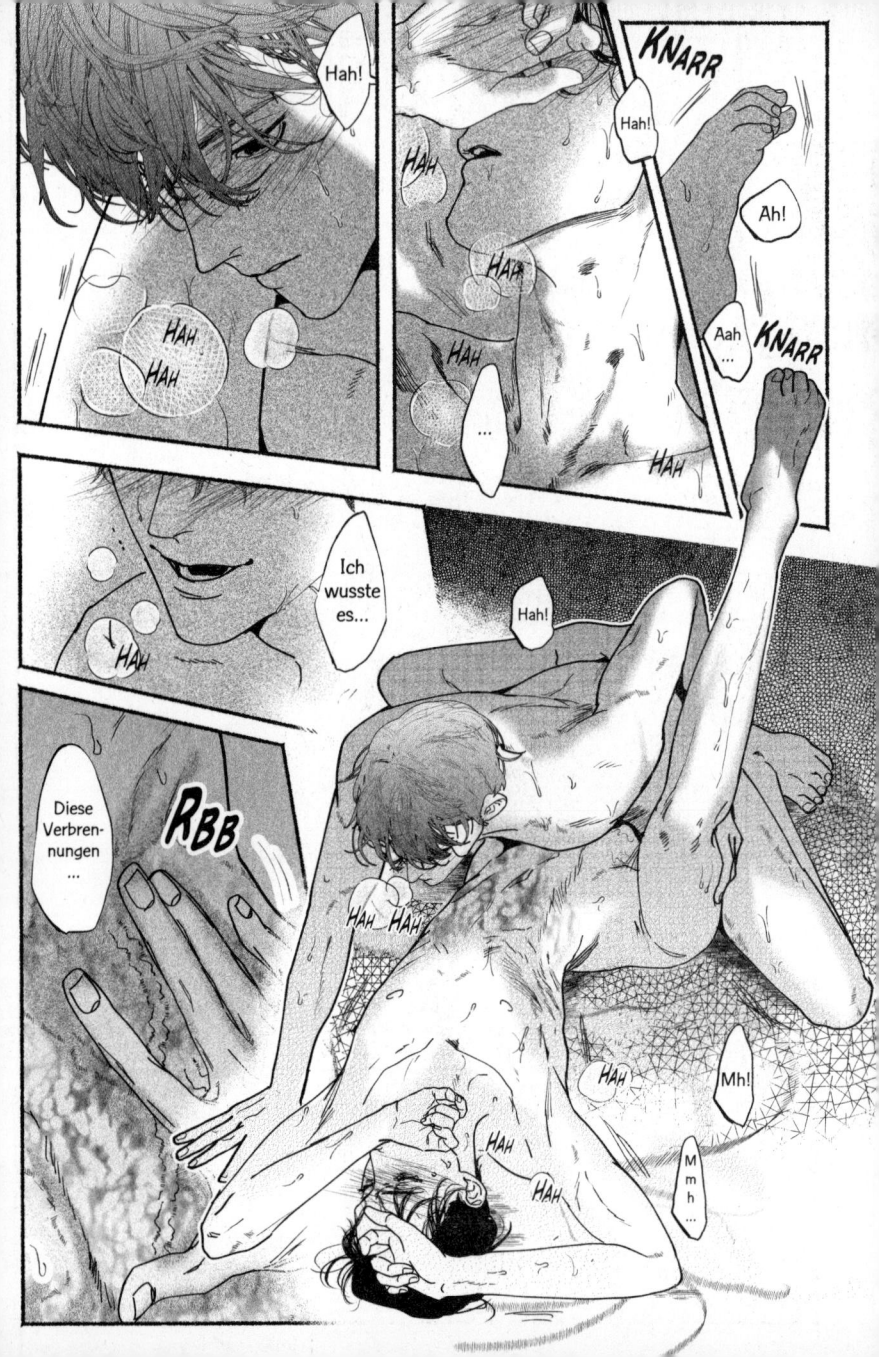

»Nur er und noch ein Junge haben überlebt«...

Ach so...

Weißt du, wir zwei, das ist Schicksal!

Du... Du bist es, der mit mir zusammen...

Und du hast dich seitdem kein bisschen verändert.

Schau ...

... in dieser Hölle war.

Jetzt weiß ich, warum ich mich so unbändig zu dir hingezogen fühle...

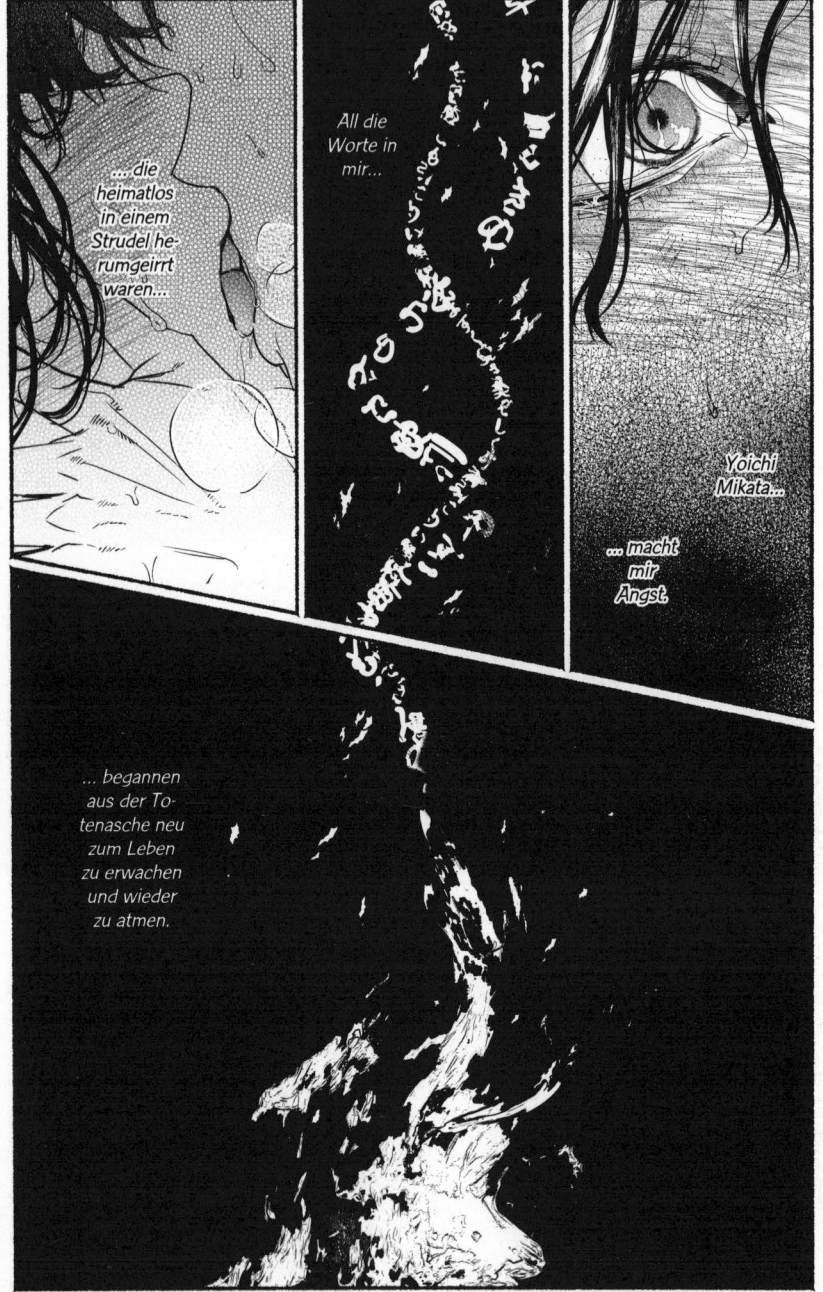

... die heimatlos in einem Strudel herumgeirrt waren...

All die Worte in mir...

Yoichi Mikata...

... macht mir Angst.

... begannen aus der Totenasche neu zum Leben zu erwachen und wieder zu atmen.

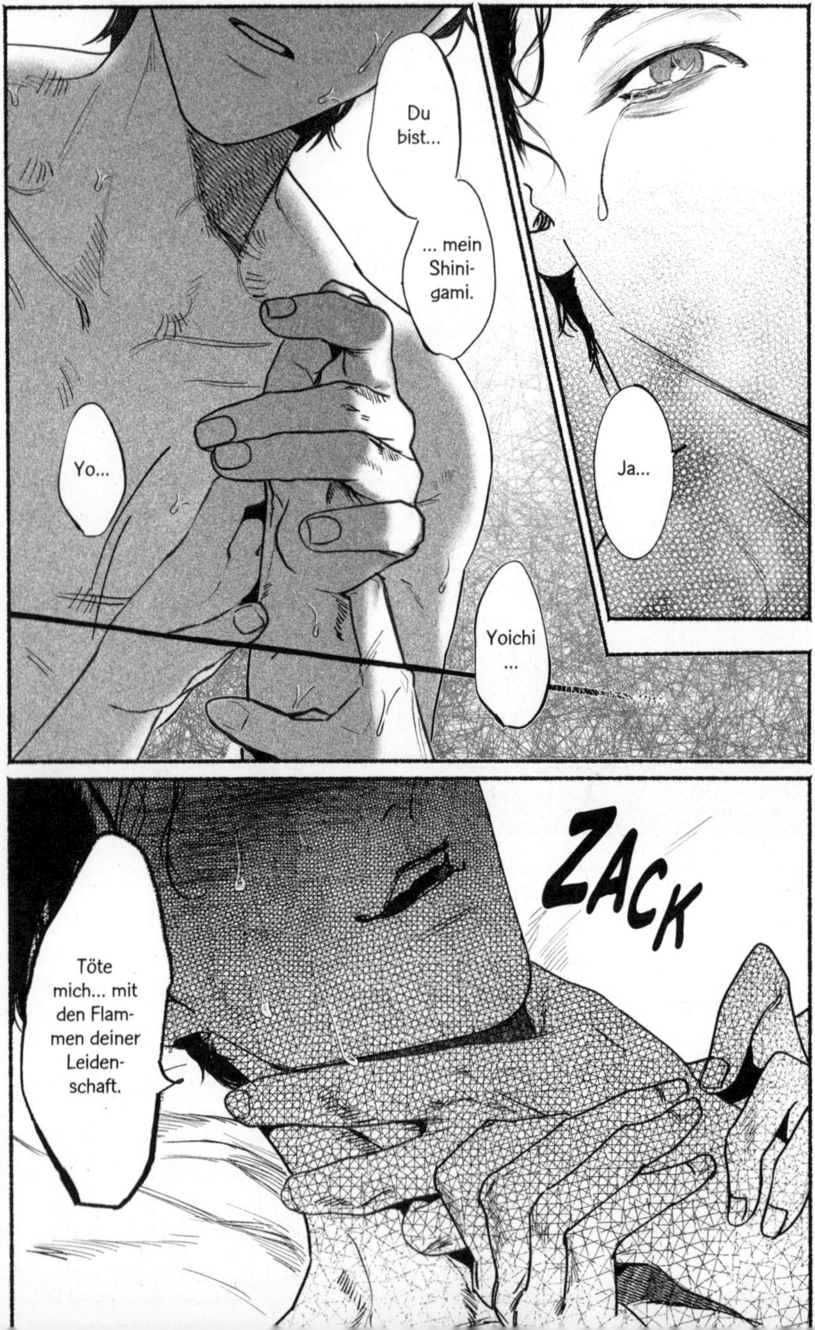
Du bist...
... mein Shinigami.
Ja...
Yo...
Yoichi ...
ZACK
Töte mich... mit den Flammen deiner Leidenschaft.

Dann werde ich wiederaufer-stehen.

SCHLUCK

Ich schwöre.

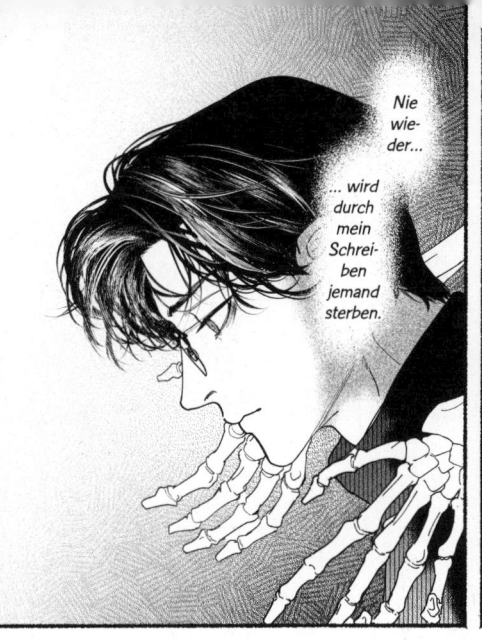

Nie wieder...

... wird durch mein Schreiben jemand sterben.

Nie wieder...

Ich werde mich vom Shinigami lossagen.

3. Akt:

Halb-
schlaf

Ich erzählte Yoichi alles.

Yoichi hörte einfach nur schweigend zu...

... die Hand sanft an meinem Rücken!

... und wie ich nach Moris tödlichem Sturz in die Gleise das Schreiben aufgegeben hatte.

... wie die Menschen, die mich zu den Drehbüchern inspiriert hatten, umgekommen waren...

Wie der Shinigami mich seit dem Unglück von damals heimgesucht hatte...

An diesem Tag schlief ich tief und fest in Yoichis Armen...

Ich kann mich nicht erinnern, wann ich das letzte Mal so sorgenfrei Schlaf fand.

... und träumte rein gar nichts.

Warum hatte ich diese Zauberworte nicht schon viel früher dazu benutzt?

Ja, ich weiß...

... vergaß ich Zeit und Schlafen und Essen beim Schreiben.

Dann flossen die Worte nur so aus mir heraus und wieder...

... weil es die Abschiedsworte an den Shinigami sind...

... habe ich mich vielleicht davor gefürchtet, ihn zu verlieren.

Und irgendwo in meinem Herzen...

Und wenn ich das geschafft habe...

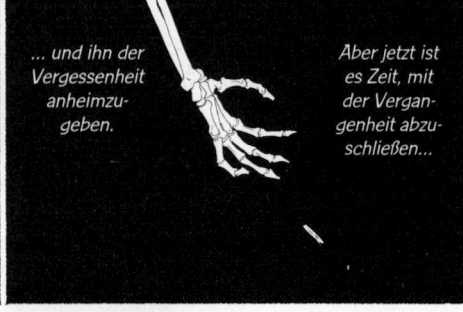

... und ihn der Vergessenheit anheimzugeben.

Aber jetzt ist es Zeit, mit der Vergangenheit abzuschließen...

... welches Bild werde ich dann durch die Linse von Yoichi Mikamis Fotoapparat abgeben?

... wenn alles vorbei ist...

Ich will mich mit seinen Augen sehen...

KLONK

Einige Monate später

KRTZL

Fertig...

KLAPPER

Wenn alles klappt, ergibt das einen Zwei-Stunden-Film... Perfekt.

Ich hab es auf 120 Seiten gebracht...

Dann bringe ich das Skript erst mal zu Nisshou Film...

An dem Tag...

GATANG

GATONG
GATANG

GATANG

GATONG

... starb auch der noch mal, der ich bis dahin gewesen war.

... als wir uns zum ersten Mal liebten...

So wie es bei deinen Fotografien ist...

... muss doch auch aus meinem Schreiben Leben entstehen können...

Ich kann die Vergangenheit nicht ändern, aber...

... mit meinen Drehbüchern fange ich noch mal ganz von vorne an.

DIREKTOR

Hey!

Endlich sehen wir uns wieder...

... Kitahara!

Entschuldigen Sie meine lange Abwesenheit... ... Direktor Azuma.

TAP

Auch als ich das Schreiben aufgab, hat er mich nicht fallenlassen und weiter an mich geglaubt...

... dafür muss ich jetzt erkenntlich zeigen...

Direktor Azuma ist der Mann, der mich entdeckt und mir den Weg als Drehbuchschreiber geebnet hat.

... und versprach mir, sein Bestes für mein Comeback und meine Zukunft in seiner Agentur zu tun.

Während er mein Manuskript überflog, nickte er zufrieden mit dem Kopf...

... und drückte meine Hand so fest, dass es fast wehtat.

Er hatte sogar feuchte Augen, als er mir sagte, wie glücklich er über meine Rückkehr sei...

... nur dem Shinigami zu verdanken, schätze ich.

Meinen bisherigen Erfolg habe ich...

Wenn ich ohne ihn mit meinen Drehbüchern erfolgreich bin...

... dann kann ich in Zukunft alles schreiben, was ich will.

Es ist ein Glücksspiel.

Ist es Verrat an meinen Sünden, dass ich schreiben will?

Oder wird es eine Form der Trauerarbeit sein?

Sieht so aus, ja.

Über Kitahara?

Aber er ist ein Nobody, oder?
Hab ihn noch nie gesehen.

Wer ist denn eigentlich der junge Fotograf da?

Er dokumentiert Kitaharas Arbeit fotografisch... wird wohl so was wie eine Fotoreportage?

Er weicht Kitahara keine Sekunde von der Seite.

He he he ...

Wie er das wohl angestellt hat, an Kitahara ranzukommen...

Hm...

Der Direktor hat mich gebeten, mich um Sie zu kümmern!

Ah, Herr Produzent! Danke Ihnen!

GRABB

Gute Arbeit!

Danke euch!

Kitahara!

Das war doch schon mal ein guter Anfang!

RBB

Sie haben sicher viele Sorgen, was Ihr Comeback angeht.

Aber ich habe noch etwas geschäftlich mit diesem Herrn zu besprechen. Entschuldigen Sie uns.

Ich kann Ihnen in JE-DER Hinsicht behilflich sein, was machen Sie jetzt noch?

Vielen Dank.

Aber deine Schiffe sind so wunderschön, dass sie bestimmt überall auf der Welt hinfahren können, Kei!

Und dafür muss jedes einzelne Teilchen genau passen ...

... damit alles miteinander harmoniert, verstehst du?

Du sagst so was einfach, ohne rot zu werden...

Mann...

Wow... Wie die Schiffe im Hafen von Yokohama!

... aber bei dem Gedanken, den großen Kei Kitahara vor der Linse zu haben...

Ich war es zwar, der dich unbedingt mit der Kamera begleiten wollte...

Ich bin nun mal kein Profi.

Und...

SLRF

Ach, ich weiß nicht...

Ich frag mich, ob das wirklich so eine gute Idee war.

Aber deine Arbeit läuft doch auch gut, oder?

Glaub an dich!

Folge dem Weg, den du gewählt hast...

... dann wirst du es ihnen schon beweisen!

Und was du fotografierst, ist das wirklich »der große Kei Kitahara«? Das ist doch Quatsch!

Ich freu mich schon auf die fertigen Bilder!

RAUN

Genau wie der Text in diesem Film...

Nein, nein, gar nichts!

STRAHL

Hast du was gesagt?

?

Okay!

Du bist echt der Wahnsinn, Kei!

Ja.

Ja, du hast recht.

Aber... Ich merke schon auch einen Effekt.

Dein Film wird ganz bestimmt ein Erfolg!

Da bin ich sicher!

Er freut sich so sehr darüber?

Wie verrückt...

Ich hoffe es!

Das, was mir gefehlt hatte, nimmt mich jetzt im Sturm ein.

Die Zuversicht, die ich aus der Verbindung mit Yoichis Welt ziehe...

Ich spüre die Worte greifbarer als früher...

... aus jedem Winkel meines Körpers...

... sie strömen in einer Perfektion aus mir heraus, die meine Erwartungen übertrifft...

... bis zu den Fingerspitzen.

Dieses Hochgefühl, diese Euphorie, das tut so gut.

TOUCH

Es ist alles gut.

Und...

... weder der Albtraum noch der Shinigami...

... sind seitdem noch mal aufgetaucht.

Diesmal...

... wird es ganz bestimmt gut gehen.

KLIPP

SCHWAPP

»Aber er ist ein Nobody, oder?

Wie er das wohl angestellt hat, an Kitahara ranzukommen...«

»Was ist falsch daran, dass der Mann an meiner Seite ist, den ich dort auch haben will?«

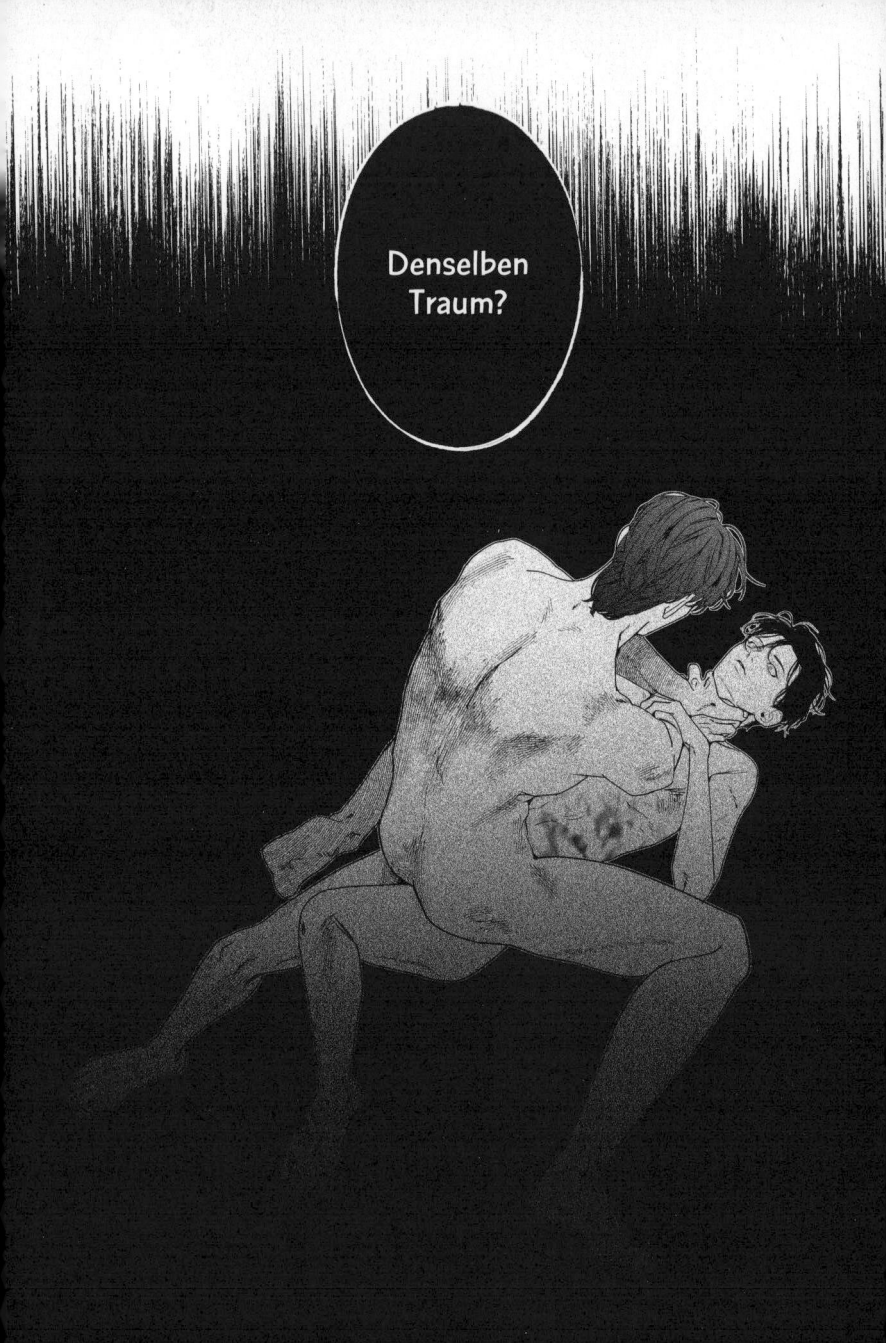

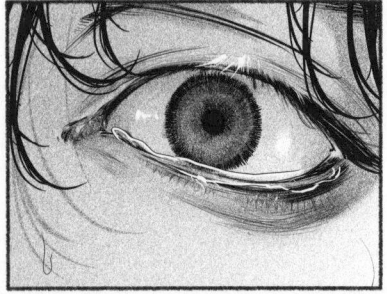

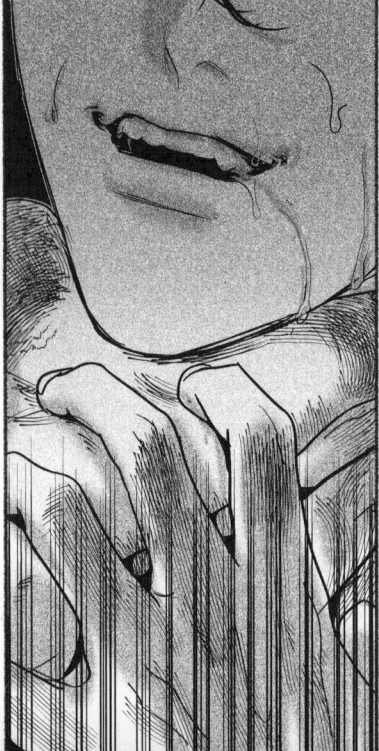

Du wolltest doch nur, dass wir gemeinsam sterben!

Was war das?

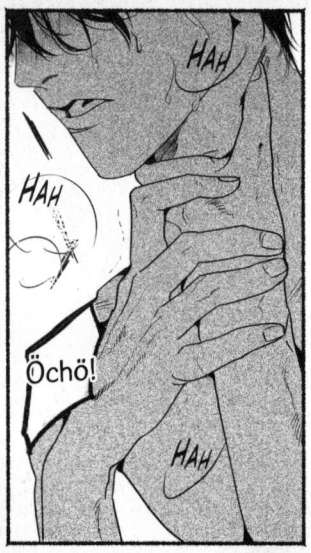

Ich will nicht sterben!

Und wer war dieser Junge?!

Warum wollte Yoichi mich umbringen?

Warum ...

?

Yo?

ZUCK

Yo-ichi?

Y...

SCHLUCK

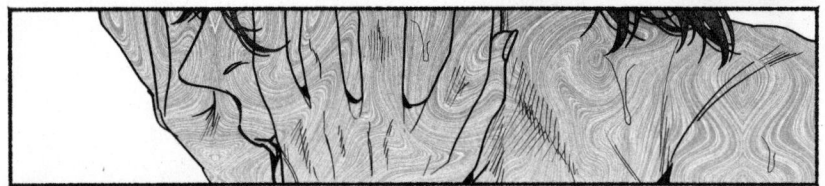

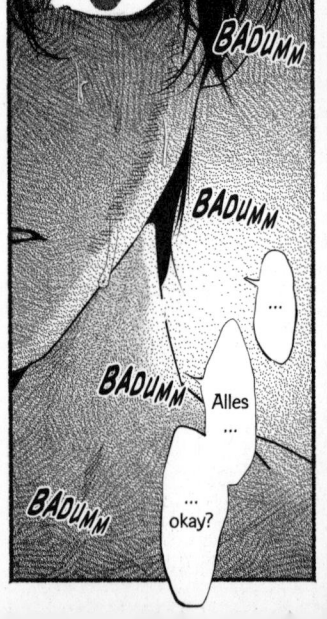

BADUMM

BADUMM

...

BADUMM

Alles
...

BADUMM

...
okay?

Wieso,
was ist?

Sorry,
dass
ich dich
geweckt
habe...

LÄCHEL

Aber
...

Eben
...

Es ist
alles gut,
komm
her.

Es
ist alles
gut.

DRÜCK

Ich...

... verlasse dich nicht!

Ich...

... gehe nie mehr weg!

LÄRM

LÄRM

DRÜCK

... dass du...

... einfach verschwindest und weg bist ...

Ich hab Angst...

JUBEL

Weißt du,
Yoichi...

... ist
nichts
weiter als
ein Papier-
schiffchen,
das unter
einer Flag-
ge namens
Yoichi
segelt.

... mein
Schiff,
das du
als so
wunder-
schön
bezeich-
nest...

... und ein
Sturm der
Absurdität
wird das
Schiff erbar-
mungslos
zerschellen
lassen.

... ist auch
sie nur ein
Meer aus
sumpfig-
trübem
Schlamm
schwärzester
Lügen...

Und wenn
du auf die
See mit der
glitzernden
Brandung,
die vom
Ufer aus
so hübsch
aussieht,
hinausru-
derst...

...und deine Stimme ist wie eine Rettungsleine, wenn du sagst...

... damit ich nicht in die Irre gehe...

Aber dein Blitzlicht...

... ist wie das Licht eines Leuchtturms, das mir den Weg weisen wird...

»Versprich es mir. Dass du eines Tages unsere Geschichte aufschreiben wirst.«

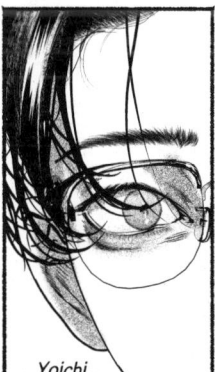

... Yoichi...

Also, sag mir bitte...

... wird es irgendwann wahr...

SCHATTEN DER SONNE

PREMIERENP...

Auch ich will daran glauben...

Wenn wir denselben Hafen ansteuern, dann...

Warum...

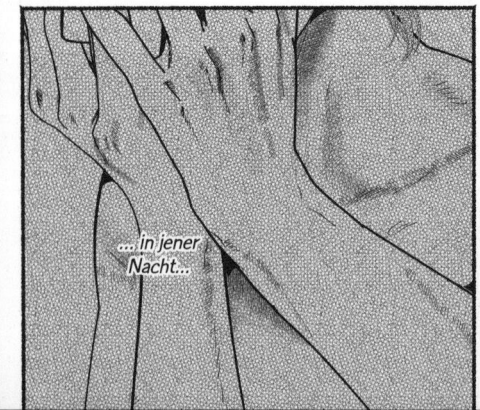

... in jener
Nacht...

... hast du
mich...

... mit dem Gesicht ...

... des Shinigami angelächelt?

4. Akt:

Ver-
schmol-
zen

Da hat uns Mitsuko wirklich nichts als Ärger hinterlassen...

Ja, kein Wunder, er hat seinen Vater nie kennengelernt...

Der Junge ist seit dem Unglück nur noch so, er spricht nicht und lacht nie.

Sag das doch nicht so, Chefin!

... und dann auch noch seine Mutter vor seinen Augen sterben sehen.

ZIIIRP
ZIIIRP
ZIIIRP

Und er braucht einen Mutterersatz.

Wir sind auch nicht so anders als der Junge.

ZIIIRP
ZIIIRP

Sein Name stand in der Zeitung! Er ist ein Jahr älter als du...

... und heißt Kei Kitahara...

... ist wohl aus dem anderen überlebenden Jungen geworden?

ZUCK

Seufz...

Was meinst du, Yo...

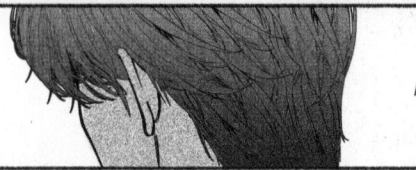

... kein anderes Zuhause.

Ich habe...

Wenn ich für alle ein leeres Gefäß bin, das man mit seinen Idealen füllen kann, werde ich vielleicht auch geliebt.

Showa-Ära 33 (1958)

Dame Yoshino sagte zwar, sie will ein Restaurant eröffnen...

Was wird denn jetzt aus mir?

... aber ob das wirklich klappt..?

Ach je, aber was, wenn eine von denen am Arbeitsplatz meines Mannes eingestellt wird?

Wurde auch Zeit, meine Güte!

Heute tritt das Prostitutionsverbot in Kraft.

Ein Kinofilm?

Ich gehe immer diese Straße entlang, aber das hab ich noch nie gesehen.

DIE SCHÖNHEIT DES MENSCHEN, GEBOREN AUS DER ABSURDITÄT! SPEKTAKULÄRER LANGFILM AUS DEM STUDIO NISSHOU

UNBEUGSAMES LICHT

TEIL 1 UND 2 IN EINER DREISTÜNDIGEN GESAMTVORFÜHRUNG

Geboren aus der Absurdität...

DIE SCHÖNHEIT DES MENSCHEN, GEBOREN

SURL

KNARR

HOFFNUNG ZEIGT SICH NICHT UNBEDINGT IMMER IN FREUNDLICHER GESTALT.

ZACK

Soll ich in den Film gehen?

Was, wenn die Damen sich Sorgen machen, weil ich nicht heimkomme?

Aber...

... gerade heute will ich nicht nach Hause...

Sein Name stand in der Zeitung! Er ist ein Jahr älter als du...

... und heißt Kei Kitahara...

...

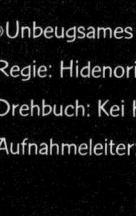

»Unbeugsames

Regie: Hidenori

Drehbuch: Kei K

Aufnahmeleiter:

Kei...
Kitahara?

PROGRAMMKINO

Hah...

Ziga-
retten-
qualm?

Ein
Traum
von
früher...

Kei...

Obwohl
er doch
so nah
bei mir
ist...

Aber er
spricht
nicht
darüber...

Kein
Wort...

Die Nacht
jenes Traums
ist schon fasl
einen Monat
her.

Kei hat
wohl wieder
Albträume.

Kei?

Ein
Traum
im
Traum?

...

HAH

LÄRM
LÄRM

WAH
HA
HA

Aber
warum
ausge-
rechnet
dort?!

Wie kann
man da denn
schreiben?!

Da
ist er.

Ah.

Äh...

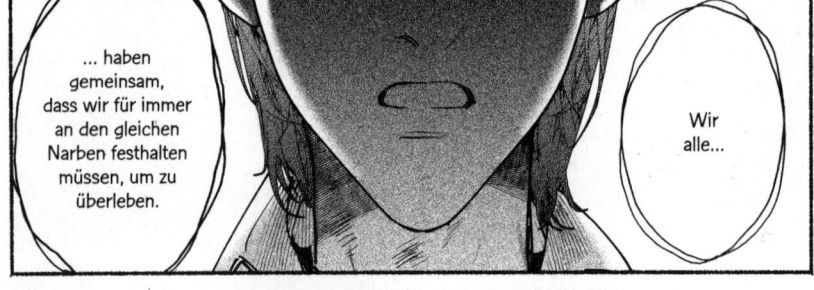

Ist Yoichi
Mikami Ihre
Muse?

Hah!

Was?

Ihr neuestes Drehbuch!

Man weiß nicht, wo Fiktion endet und wo Realität beginnt...

Ihr Schreiben ist so viel ausgefeilter geworden!

Ich werde nie wieder...

... Unheil über jemanden bringen...

Dieser junge Mann hat unzählige verschiedene Gesichter.

Das ist doch nicht wahr, Kitahara.

Diese Würgemale sagen alles!

TIPP TIPP

Ein großer Schauspieler, der es wert ist, ihm einen Film zu widmen.

Egal wer sonst geopfert wird,

Hauptsache, nicht er, ja?

Ich habe ihn nicht als Vorlage genommen.

Setzen Sie sich.
Ich bin Ihnen sehr dankbar!
Diese Agentur ist nur dank ihrer Arbeit so erfolgreich geworden.
Aber die Zeiten ändern sich vor unseren Augen.
Wenn wir so weitermachen, nimmt das Fernsehen uns das Geschäft weg.
Ich wollte Sie zurückholen...
... egal mit welchen Mitteln.
Dann haben Sie also alles so arrangiert...
... dass ich nicht für eine andere Agentur arbeiten kann.
Aber warum?
Auch ohne das stehe ich so tief in Ihrer Schuld, ich würde Ihnen doch nicht in den Rücken fallen.
FWUPP
ENTWURF
»TAGTRAUM«

Was ist das?

!

Sehen Sie es sich doch an.

FLAPP

...

... als nächstes die *Geschichte eines Drehbuchautors* schreiben.

Kitahara, Sie werden...

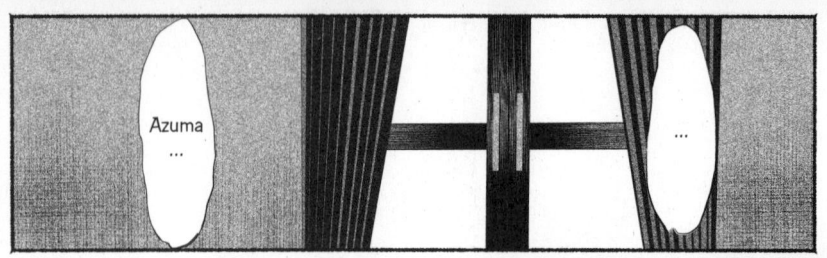

Azuma
...

...

Und ausgerechnet Sie wollen ...

... dass ich jetzt ein Dreh-buch über...

... mich selbst schrei-be?

Sie wissen doch, dass die Menschen, die meinen Storys zum Vorbild dienten...

... alle gestorben sind, oder?

Sie wollen ein Men-schenop-fer aus mir machen?!

Ha ha há!

Ich würde nicht so weit gehen, es so zu bezeich-nen.

Und ist es nicht eine wahrlich symbolhafte Geschichte für diese Zeiten des Wachs-tums nach dem Krieg?

KRAMPF

Nur Sie können über Ihr bisheriges Leben schreiben.

Und was soll schlecht daran sein?

Im Ergebnis ist es doch nichts anderes als eine Kondolenzzahlung.

Was soll daran große Kunst sein...?

GNNN

Das ist kein Gedenken an die Toten...

Aber die Idealisierung des Todes ist die elementarste kollektive Empfindung der Menschheit.

Wenn Werk und Realität verschmelzen, feiert das Publikum das als große Kunst.

Die Menschen sehen den Wert dieser Fiktion und zahlen gerne dafür.

... sondern der Verkauf meiner Seele an den Teufel.

Sie möchten Yoichi doch gerne dabei helfen, ein erfolgreicher Fotograf zu werden, oder?
Wenn Sie nicht wollen, dass ich zu harten Mitteln greife...
... sollten Sie sich dringend um Ihre Muse sorgen.

Mein bisheriges Leben als Drehbuch...

... weiß niemand besser als dieser Mann.

Was das für mich bedeutet...

... und warum ich das Schreiben aufgegeben hatte...

... zum ersten Mal Freude am Schreiben hatte, nachdem ich Yoichi begegnet war.

Aber es ist wahr, dass ich...

Ich kann mich noch so sehr dagegen wehren, ich bin genauso Mörder wie Drehbuchautor...

POFF

Und sogar Yoichi wird mit hineingezogen!

Und das hab ich jetzt davon.

Werde ich diesmal mich selbst damit er morden?

Ist es das, was man karmische Vergeltung nennt?

ZUCK

Kei?

... und nicht als Sprachrohr des Shinigami Drehbücher schreiben kann.

Ich wollte beweisen, dass ich als Kei Kitahara...

Hier sind wir uns zum ersten Mal begegnet...
Schreiben ist dein Leben, Kei.
Aber ich komme in keinem deiner Filme vor.
W... Was ...
SKREEK
Und das, obwohl du mein Leben bist...
Obwohl du wolltest, dass ich Fotograf bin.
Je näher ich dir komme, desto mehr gehst du auf Distanz.
SKREEK
Nein!
Ich...
... will nur...
... das Beste ...
... für dich...
SKREEK
SKREEK
Lügner.

Ja, genau so, wie jetzt.

Und du hast dasselbe geträumt, stimmt's?

Als du die Augen aufgemacht hast, war dein Blick voller Panik...

... aber endlich hast du mich gesehen.

In der Nacht vor der Party...

... habe ich geträumt, dass ich dich würge.

... du bist es, der mich gemacht hat.

Ich weiß es!

Denn...

Also, Kei...

Der eine Traum hat meine Fragen beantwortet.

Aber was soll ich noch mit den Fotos?

Ich hab fotografiert...

... und fotografiert...

... aber dein wahres Ich konnte ich nicht ablichten.

... können wir in deinem Film...

... selbst wenn ich sterbe...

Ja...

... für immer zusammen weiterleben.

Das ist alles meine Schuld.

Es tut mir leid.

Es tut mir leid...

... nur deshalb lasse ich dich diese grausamen Worte sagen.

Dich will ich am allerwenigsten verlieren...

Es tut mir leid.

... Yoichi...

WHAMM

KLAPPER KLAPPER

Ich muss das beenden.

Wir dürfen
nicht mehr
zusammen-
sein.

Kei!

PLATSCH

Kei!!

Ich muss
aus diesem
Traum auf-
wachen.

NISSHOU FILM

PRASSEL

*Ich muss
ihn frei-
geben.*

5. Akt:

Wahrheit

Seit ich den Drehbuchauftrag von Direktor Azuma angenommen habe...

... träume ich nicht mehr, von Yoichi gewürgt zu werden.

Ein halbes Jahr ist vergangen, seit ich Yoichi verlassen habe.

Es ist die Zeit des Jahres, in der der Himmel tief aufzuatmen scheint und der gefallene Schnee wieder ins Meer zurückkehrt.

Seit jenem Tag lässt sich Yoichi...

... auch nicht mehr blicken.

... hat dauerhaft die Gestalt eines toten Jungen angenommen...

Und der Shinigami, der zuvor immer...

... kam und ging wie das Licht einer flackernden Glühbirne...

... und überschüttete mich ohne Unterlass mit einem schlammigen Schwall von Worten.

Dieses Drehbuch ist mein Testament.

Zusammen mit der Tinte fließt mein blutrotes, sündenvolles Leben ...

... Zeichen für Zeichen auf das leere Blatt Papier und brennt sich darin ein.

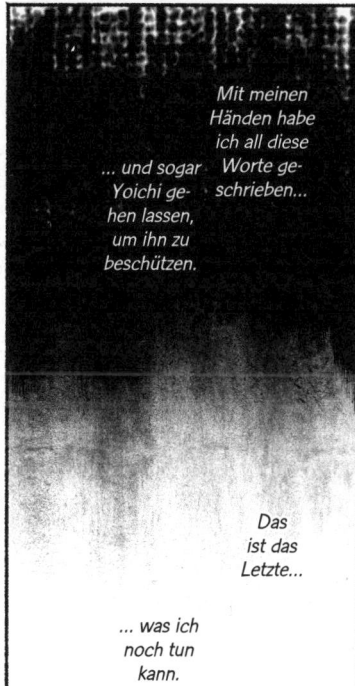

Mit meinen Händen habe ich all diese Worte geschrieben...

... und sogar Yoichi gehen lassen, um ihn zu beschützen.

Das ist das Letzte...

... was ich noch tun kann.

Damit...

... wird Azuma sein Versprechen halten...

Ein Werbefoto?

Ja, wir werden eine Werbekampagne für den Film starten.

Da brauchen wir ein Foto vom Star-Drehbuchautor Kei Kitahara.

Es gibt einen fähigen Mann namens Miyata, der im Krieg in meiner Einheit war.

Er weiß Bescheid, lassen Sie sich von ihm fotografieren.

Wird es ...

... nicht eher mein Sterbebild sein?

... Diese
Schwarz-
Weiß-Bil-
der...

... ...

GNMN

Guten
Tag...

Ist
das
etwa
...

Oh, kennen Sie sich?

Äh...?

Ah, Kitahara, freut mich!

Ich bin Miyata!

Azuma hat mir schon alles erzählt!

... ich...

... gehe an meine Arbeit im Entwicklerraum.

Kiyoshi...

Das gibt's doch nicht, nach alldem...

Ein solcher Zufall, das...

Hm? Okay...

... hätte da eine Bitte...

... diesen Moment festzuhalten.

PLITSCH

PLITSCH

PLITSCH

PLITSCH

Komm mal mit.

KLAPPER

Kiyoshi... Brauchen Sie mich?

Ja.

TOCK TOCK

Yoichi?

ZUCK

Kitahara möchte ...

... dass du ihn in Schwarz-Weiß fotografierst.

Wie egoistisch kann man sein...

GNNN

Ich will ...

... dass du mich fotografierst.

Ich weiß.

Aber ...

... es ist das letzte Mal.

In deinem Blick durch die Linse will ich verewigt werden.

...

POFF

HAH

HAH

HAH

HAH

WHAMM

Ist denn... etwas passiert?

Ihnen kann ich das sicher erzählen.

Vor einem halben Jahr wurden sie wegen illegaler Geschäfte von der Polizei festgenommen, nachdem diese einen Tipp bekommen hatte.

Yoichi kam in der Nacht hilfesuchend zu mir, es schüttete wie aus Eimern...

... und er sah aus, als wäre er dem Tode nahe.

Oh nein...

HAH

HAH

In einer Regennacht?

Vor einem halben Jahr?

PRASSEL

Der Tag, an dem ich es beendet habe?

Hey, junger Mann, Sie sind doch oft hier gewesen!

Ist besser, wenn Sie sich nicht mehr in der Gegend aufhalten!

S... Sagen Sie...

... was ist mit den Leuten passiert, die hier gearbeitet haben?

KNIRSCH

HAH

Irgendwann wird das alles abgerissen und zur Geister-stadt einer vergangenen Zeit werden.

Das wird hier nie ein anständiges Viertel, egal wie oft sie hier aufräu-men.

... aber sie wurden alle in Fürsor-geeinrichtun-gen oder vom Frauenhilfs-werk aufge-nommen.

Tja, waren ja aus gewissen Gründen nur Frauen, da kann es kein so schlimmes Vergehen ge-wesen sein...

Es ist niemand mehr hier!

Das fröhliche Blinken der elektrischen Lampen...

dieses Fenster ...

... diese frische Brise ...

... das Meeresrauschen

... die Musik

das Licht ...

... die Wolken ...

das Meer ...

Dieses Zimmer...

... der goldene Staub, der auf dem Klavier tanzte ...

... das perlende, helle Lachen der Frauen...

... an dem man sich in eine zeitlose Fremde versetzt fühlte.

Das war doch hier ein Ort, der wie von der Realität abgetrennt schien...

... heftiges Atmen...

... brennende Leidenschaft, wie eine Fata Morgana...

... wundervolle...

... Tage...

... alles fort.

Zum al-
lerersten
Mal...

... hast
du mich
durch die
Kamera-
linse angese-
hen.

Zum
ersten
Mal...

Der Au-
genblick,
nach dem
ich...

... mich
immer so
gesehnt
hatte.

Ich.hatte
beschlos-
sen, dich
nie wieder-
zusehen...

... aber dieser
Moment hat
mich zurück-
katapultiert.

Ich habe Angst, das Foto zu entwickeln ...

Jedes Mal wenn sich ein Wunsch an dich erfüllt...

... als bliebe keine Spur des Bedauerns...

... als würde alles ausgelöscht.

... dass es okay ist, weil ich nichts mehr zu verlieren habe,

Auch wenn ich mir verzweifelt eingeredet habe...

»Es ist das letzte Mal«...

... hast du gesagt...

Was kann ich jetzt noch für Yoichi tun?

... es wäre überheblich, jetzt den Retter spielen zu wollen.

Nein, ich war es ja, der ihn verlassen hat...

... habe ich auch gar kein Recht dazu...

KNIRSCH

Und doch...

Als derjenige, der ihn so in die Ecke getrieben hat...

Nur ...

... die fast ersti- ckende Wärme unserer beider Körper jener ge- meinsam verbrach- ten Zeit...

... ist nicht mehr in diesem Zimmer.

Alles noch, wie es war.

KLAPPER

Diese unzähligen gelebten Momente...

... werden von neuen Zeiten beiseitegewischt werden.

Ich sehe schon...

Er hat auch sie begraben.

FWUUU

... kann ich die gemeinsam verbrachten Tagen...

... mit in den Liebessuizid nehmen...

FWUUU

GNNN

Bald habe ich das Drehbuch fertig.

Und dann endlich ...

... zu einem Sarg geworden, der mich auf die letzte Reise vorbereitet.

Als wären meine Tage hier im Ryokan...

DON

NER

FLAPP

Huch?

... sah sein Gesicht noch gleich aus?

Wie...

Aber an dem Tag, als wir uns im Fotostudio begegneten...

Ich kann mich nur noch an sein Lächeln erinnern.

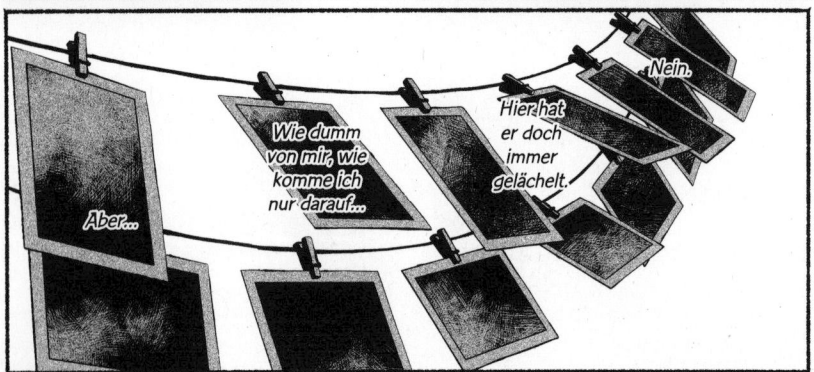

Wie dumm von mir, wie komme ich nur darauf...

Nein.

Hier hat er doch immer gelächelt.

Aber...

... wenn ich den Shinigami in ihm sah...

... und auch ...

... wenn wir uns liebten...

... wenn wir uns die gemeinsame Zukunft ausmalten...

... wenn er an meiner Seite war...

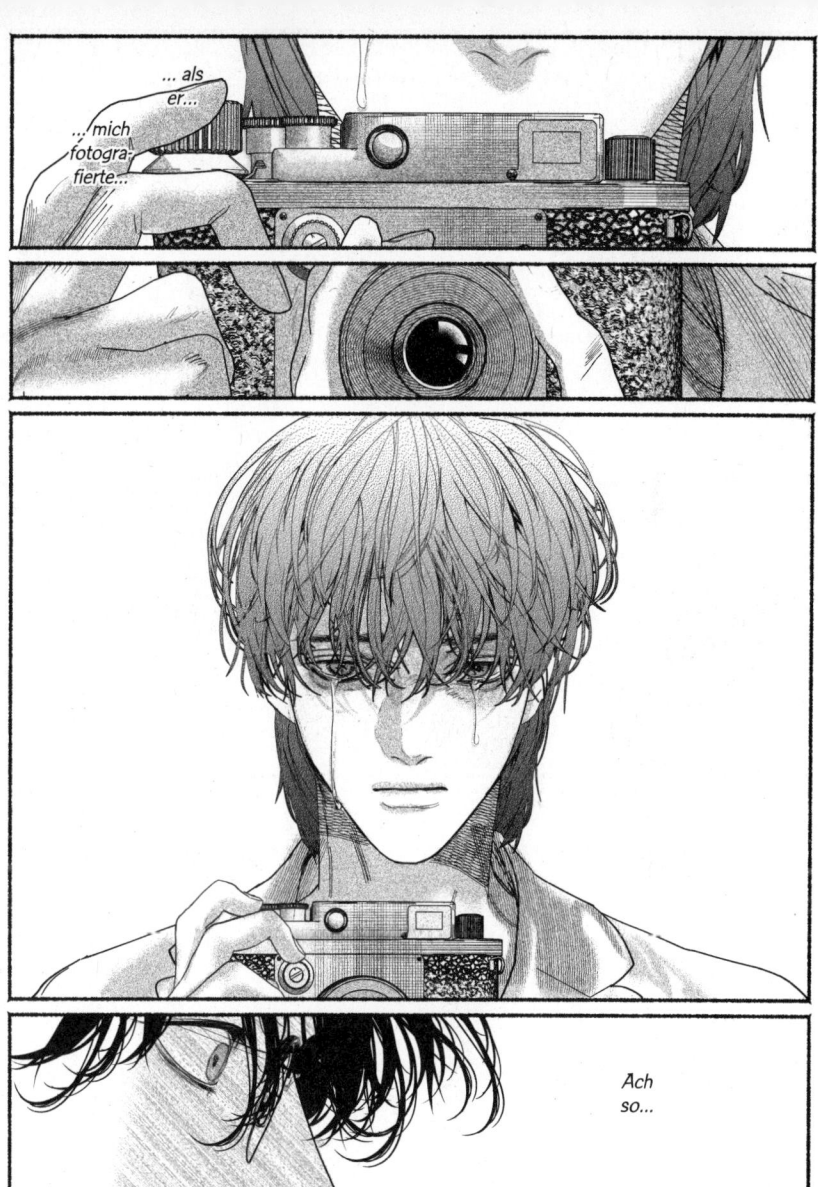

In Wahrheit hat er die ganze Zeit geweint.

KNARR

Das ist eine Überraschung... Ich kam vorbei und sah die Tür offen stehen...

... da dachte ich schon... Was machst du hier?

Yo...

... i...

... chi...

Du kannst am Ende eben doch nicht schreiben, wenn ich dich nicht auf DIESE Art liebe, stimmt's?
ÖCHÖ!
GNNN
Ha ... Ha-ha...
Wolltest du, dass ich das Foto als Sterbebild von dir mache?
Und jetzt noch hierherzukommen muss dich deinen ganzen Stolz gekostet haben!
Nicht mal sterben kannst du ohne mich, Feigling!
Gut, dann gebe ich dir eben, was du willst!
GNNN
Dann sag es wenigstens, selbst wenn es gelogen ist!
Sag es! Sag, dass du willst, dass ich mit in diese Hölle gehe!
!

... hast du mich ...

... einfach wegge-worfen?

Warum...

Ich hab mir gesagt, das nächste Mal schaffe ich es auch...

... und finde ein Zuhause, ich hab es immer wieder geglaubt ...

... und alles darange-setzt...

Alle sind sie gleich, ich bin nur gut, wenn es ihnen in den Kram passt!

!

SCHLUCK

Alle geben mir nur, was sie gerade geben wol-len, dann lassen sie mich fallen ...

Und endlich ...

... an deiner Seite, Kei...

... weil jemand, der so leer ist wie ich, so-wieso nichts zurückgeben kann.

... hab ich mich dann lebendig gefühlt ...

Die Damen hier haben mich mit genau die-sem Blick verlassen.

Ha ha ...

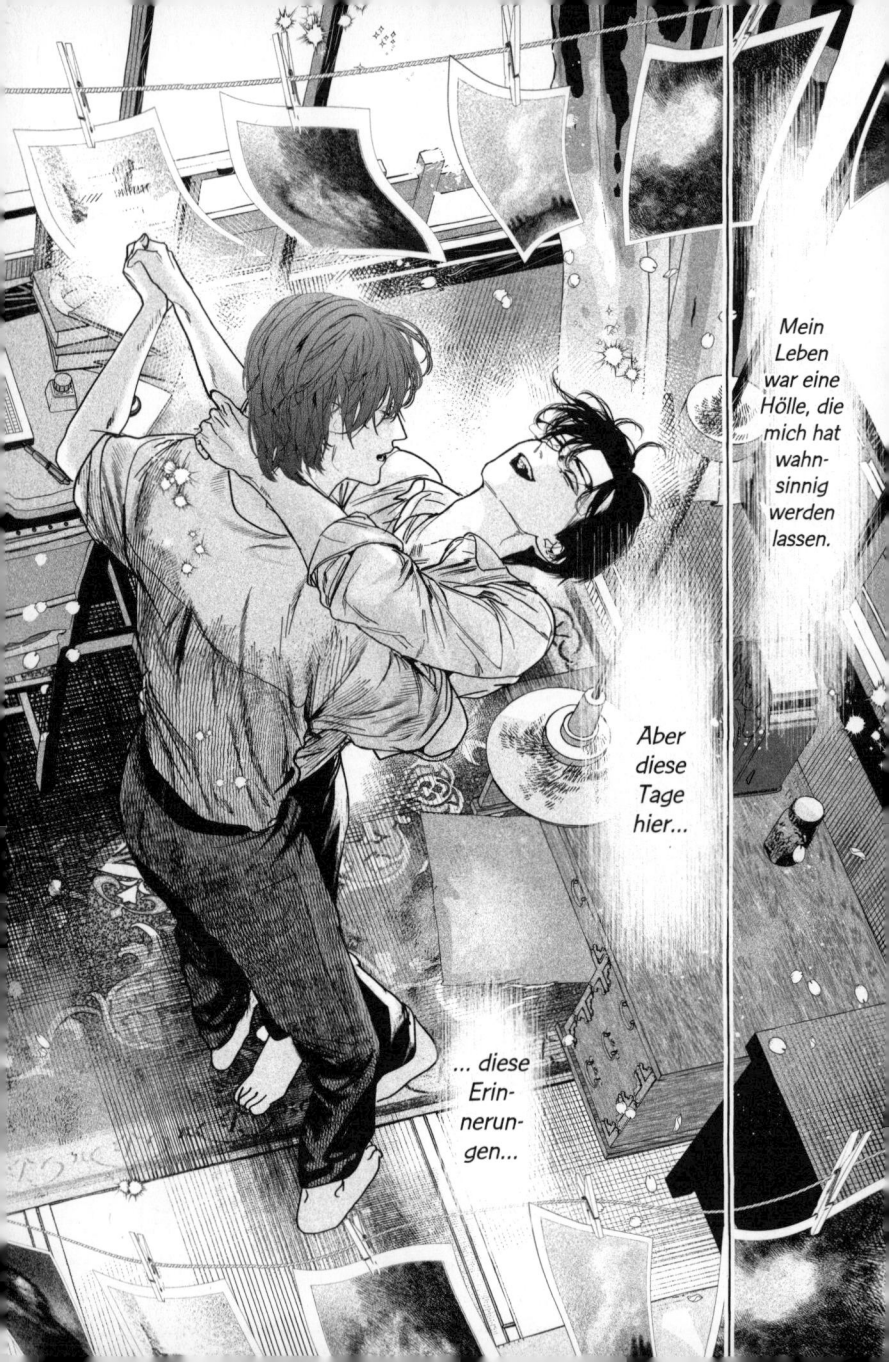

Mein Leben war eine Hölle, die mich hat wahnsinnig werden lassen.

Aber diese Tage hier...

... diese Erinnerungen...

Ja...

*Wie das
Meer im
Mond-
licht.*

Es tut
mir leid,
dass ich
so lange
gebraucht
habe...

... Yoichi.

HOME FAR AWAY

TEKI YATSUDA

© Copyright

In HOME FAR AWAY trifft Alain auf den Freigeist Hayden und verliebt sich in ihn. Seine Gefühle stehen dabei in einem krassen Gegensatz zu seiner streng religiösen Erziehung und führen zu immer tiefer werden Konflikten mit seiner Familie... Währenddessen überlegt Hayden, die Stadt zu verlassen: und damit vielleicht auch Alain?!

Ein mitreißender Yaoi-Manga für alle Boyslove-Fans ab 16 Jahren!

 www.carlsenmanga.de | Folge uns auf   carlsen_manga   carlsenmanga

SLEEPING ON PAPER BOATS

CARLSEN MANGA

© Carlsen Verlag GmbH · Hamburg 2025

Aus dem Japanischen von Dorothea Überall

KAMI NO FUNE DE NEMURU 1 by Teki Yatsuda

Copyright © 2024 Teki Yatsuda

All rights reserved.

Original Japanese edition published by FRANCE SHOIN

This German edition is published by arrangement with FRANCE SHOIN Inc., Tokyo in care of Tuttle-Mori Agency, Inc., Tokyo.

Redaktion: Britta Hellwig

Produktionsmanagement: Björn Liebchen

Alle deutschen Rechte vorbehalten

ISBN: 978-3-551-80413-6

Wir behalten uns die Nutzung unserer Inhalte für Text und Data Mining im Sinne von § 44b UrhG ausdrücklich vor.

Carlsen Manga! News – jeden Monat neu per E-Mail!

www.carlsenmanga.de

www.carlsen.de

Wir produzieren nachhaltig

· Klimaneutrales Produkt
· Papiere aus nachhaltigen und kontrollierten Quellen
· Hergestellt in Europa

MIX

Papier | Fördert gute Waldnutzung

FSC® C083411

www.fsc.org